ÉPITRE

A MA FEMME

PAR

M. J. A***

PARIS

IMPRIMERIE CENTRALE DE NAPOLÉON CHAIX ET Cie

RUE BERGÈRE, 20.

1856

A MA FEMME

Chère moitié de mon humble existence,
Toi dont le Ciel, dans sa douce clémence,
Pour embellir mes jours sur leur déclin,
A dans le mien confondu le destin ;
Des sentiments dont mon âme est remplie,
Que je voudrais en belle poésie
Te peindre ici le fidèle tableau !
Mais Lamartine a gardé son pinceau.

1856

Réduit aux traits de ma pauvre cervelle,
Si dans mes vers brille quelque étincelle,
Je ne la dois, cette vive lueur,
Qu'au feu secret qui brûle dans mon cœur,
Feu toujours pur qu'entretient la tendresse ;
Mais on sait trop ce qu'est feu de vieillesse !...

Avant que l'âge eût de ses doigts pesants
Rendu plus lourd le fardeau de mes ans,
Mon esprit libre, en sa vaste carrière,
Eût sans effort franchi toute barrière,
Et, pour orner le plus simple récit,
Eût su cueillir la fleur qui l'embellit.
Depuis longtemps il n'en est plus de même.
Il faut chercher. L'expression qu'on aime
Est quelquefois rétive à se montrer.
Alors, plus loin avant de pénétrer,
Que de moments passés dans la torture !...
Enfin un vers d'élégante tournure
A tout d'un coup jailli dans le cerveau,
Et désormais, ainsi que le ruisseau
Qui, lentement, d'une verte prairie
En cent détours baigne l'herbe fleurie,
Sans nul obstacle, en des sentiers divers
Vont se jouant de trop faciles vers.

Arrêtez-vous, ô troupe vagabonde,
Et n'allez pas suivre le cours de l'onde :
Pour célébrer le plus saint des amours
C'est de vous seuls que j'attends du secours.

Livré sans cesse aux travaux de l'étude,
De mes clients jamais la multitude
N'avait permis aux élans de mon cœur
Dans un hymen de chercher le bonheur.
Le Ciel, enfin, à mes désirs propice,
Voulant du sort réparer l'injustice,
A mes regards t'offrit un heureux jour.
Dès ce moment je t'aimai sans retour.
Combien de fois j'ai béni la journée
Qui nous donna la même destinée !...
Combien de fois, jetant sur le passé
Un regard triste où le cœur oppressé
Semble exhaler une secrète peine,
J'ai désiré qu'une éternelle chaîne
Dans le jeune âge eût pu nous réunir !...
En différant, Dieu voulut me punir,
Sans doute, et de sa grâce
Laisser en moi l'ineffaçable trace...
O Dieu clément, moi t'oublier jamais !
Non, non : je suis comblé de tes bienfaits.

Toujours à point, dans le cours de ma vie,
De ta bonté prévoyante, infinie,
J'ai retrouvé le tutélaire appui ;
Et c'est à toi que je dois aujourd'hui
L'heureux repos et la douce compagne
Qui l'embellit, en ville, à la campagne,
Partout, enfin, où tu guides nos pas.
D'une âme aimante est-il rien, ici bas,
Qui puisse offrir les charmes ineffables !...
Beautés du corps, vous êtes périssables ;
Peau blanche et fine à l'égal du satin,
De lis, de rose incomparable teint,
Fleur de pêcher sur la joue arrondie,
Bouche en corail, de perles embellie,
Taille élancée et contours séduisants,
Tout fuit, tout passe ainsi qu'un beau printemps
Que suit l'hiver, puis la glace éternelle...
Mais l'âme aimante est toujours jeune et belle.

Ne crains donc pas qu'un fidèle miroir,
O mon amie, à tes yeux laisse voir
De tes attraits le charme qui décline ;
C'est dans ton cœur qu'est la beauté divine ;
C'est celle-là qui fait tout mon plaisir,
Qui, seule, peut exciter mon désir.

Quand, le matin, ma bouche demi-close
En t'éveillant sur tes lèvres repose,
Dans cette étreinte un doux épanchement
De l'âme seule est le pur aliment.
Point de regret, aucune jalousie
Qui rende amer un instant de la vie !
Le seul chagrin dont je sois affligé,
C'est quand je vois subitement changé
Ton beau visage où de rose une feuille,
Malgré l'hiver, comme au printemps s'effeuille.
Ou bien encor si, parfois, dans tes yeux
Ne brille plus un regard radieux.
Te voir malade est ma plus grande crainte ;
Et sur ton front si la joie est éteinte,
Mon cœur se serre et je tremble d'effroi...
Aussi quel charme et quel bonheur pour moi,
En revoyant s'émailler ton sourire !...
En entendant ta bouche me redire :
« Rassure-toi, mon ami, ce n'est rien. »
Ce mot, alors, est le souverain bien.

Mais loin de nous a passé ce nuage.
De grand matin j'ai repris mon ouvrage,
Et, bien avant qu'ait cessé ton sommeil,
Moi, j'ai bravé les rayons du soleil.

Soins assidus qu'exigent fleurs nombreuses
Sont, à leur tour, suivis d'heures heureuses.

C'est le printemps qui nous offre d'abord
Et la Jachée et la Corbeille-d'or.
La Violette humble, mais odorante,
La Primevère encor plus diligente
Ont commencé l'ornement des massifs.
Bientôt après, et, par rangs successifs,
La Giroflée et le Calcéolaire,
Mais, avant eux, le brillant Cinéraire
Ont étalé les plus riches couleurs.

En ce moment de suaves odeurs
Embaument l'air. C'est le Sainte-Lucie,
La Clématite à ses branches unie,
Le Chèvrefeuille et surtout le Lila ;
La Julienne au parfum délicat,
Qui, se mêlant avec la Véronique,
De blanc, de rose, offre un coup d'œil magique :
Et la Jacinthe aux fleurons élégants,
Que j'aurais dû placer aux premiers rangs.
Puis la Tulipe et la double Anémone,
Le Muflier, l'Iris, la Belladone,
Et la Pivoine, et le Bouton-d'argent,

L'Œillet-poëte et l'Œillet-élégant,

Et d'autres fleurs vingt espèces encore

De la saison complétant notre flore :

Mais l'Azalée et le Rhododendrum,

Le Fuchsia, le Pélargonium,

La Rose, enfin, toujours reine suprême,

Ornent le tout d'un brillant diadème.

Quel doux plaisir de voir ces belles fleurs

De tous côtés mariant leurs couleurs,

En plate-bande, en massif, en bordure,

Offrir partout la riante nature

Dans sa splendeur et sa profusion !...

Alors du bas de cette région

Avec amour le cœur vers Dieu s'élance

Et, plein de joie, adore sa puissance !...

Mais de plaisir il n'en est pas sans toi,

Ma douce amie, et tu viens près de moi,

En les doublant, partager mes délices.

Jours fortunés, au genre humain propices,

Vous rappelez ces jours délicieux

Que l'âge d'or avait reçus des cieux !...

Trop courts, hélas! ils furent pour la terre

Où depuis lors règne tant de misère!...

*

Le temps s'envole, et déjà le soleil
Ne montre plus son disque de vermeil
Que suspendu sur la verte colline ;
De son foyer le rayon qui s'incline
Projette au loin l'ombre du peuplier ;
Le rossignol au flexible gosier
De tons plaintifs, de roulades joyeuses
Fait retentir les allées ombreuses
Où sa compagne écoute sur son nid ;
De la fauvette, aussitôt qu'il finit,
La voix plus douce et souvent aussi tendre
Dans les bosquets voisins se fait entendre ;
Sur le prunier chante le gai pinson
En gazouillant, le bouvreuil lui répond,
Et l'alouette à la voix éclatante,
Du haut des airs et l'aile frémissante,
En saluant la fin d'un si beau jour,
Au lendemain demande son retour.
De fleur en fleur le zéphir se promène,
De leur parfum sature son haleine
Et le répand dans tous les environs :
L'air est suave et les plis des poumons
En l'aspirant de plaisir se dilatent...
Les tons du Ciel agréablement flattent
Nos pauvres yeux plus faibles devenus.

De la maison nous voilà descendus
Et, partageant la commune allégresse,
Nous savourons une céleste ivresse...

Quand sur mon bras je sens poser ta main,
Et qu'à travers les gazons du jardin
Nos pas égaux s'avancent en cadence,
Si parmi nous règne un profond silence,
Tes yeux, bientôt, retournés vers mes yeux,
Craignant toujours que je ne sois heureux,
Cherchent à lire au fond de ma pensée.
Je l'ai compris, et ta crainte est passée.
Alors commence un entretien charmant,
Parfois redit, toujours intéressant.
Ce sont récits, histoires de jeunesse ;
Ce sont projets, contes de la vieillesse ;
Mais d'avenir nous en parlons fort peu,
Car nous savons qu'il n'appartient qu'à Dieu :
Et quel que soit celui qu'il nous réserve,
Si l'un pour l'autre, alors, il nous conserve,
Heureux sera celui que nous aurons ;
Et dans le cœur, oui, nous l'en bénirons !...

Ainsi se passe une belle journée ;
Une autre suit, comme elle fortunée.

Mais le pinceau de l'artiste amateur
A remplacé l'outil d'horticulteur.
Plus de bleuet! aucune paquerette!
Ni marguerite! à moins que la palette
Dans un gazon leur ait donné le jour.

O mon amie, objet de tant d'amour,
Si tu savais combien mon âme est fière
De ton talent! Combien la terre entière
Retentirait des accents de ma voix,
Si je pouvais emboucher à la fois
De l'univers les trompettes sonores!...
Mais à quoi bon toutes les métaphores?
Je suis heureux quand je vois sous ta main,
Sous ton pinceau bleuir un ciel serein
Où vont flottant quelques légers nuages ;
Je suis heureux lorsque de verts feuillages
Si bien touchés tu pares les coteaux ;
Je suis heureux quand de limpides eaux,
Du haut des rocs par toi précipitées
Ou sur un lit savamment agitées,
Dans un vallon tu diriges le cours ;
Je suis heureux lorsqu'avec ton secours
Tout près de toi, sur la toile tendue,
J'essaie aussi de former une nue :

Car près de toi cesser d'être un moment

C'est de l'absence éprouver le tourment.

Te voilà donc produisant des montagnes,

Des prés fleuris et de vertes campagnes,

Des ponts jetés artistement sur l'eau,

Une fabrique, un village, un hameau !...

Pendant ce temps, près d'une autre fenêtre,

Modestement je cherche à donner l'être

A quelque groupe et de mère et d'enfant,

De saints, de roi, ou bien d'âne trottant,

Le dos chargé du meunier de la fable.

Mais tout à coup ta voix douce, agréable.

Laisse échapper un de ces chants d'amour

Au jeune temps répétés chaque jour...

De souvenirs quelle foule pressée

Vient aussitôt assiéger ma pensée !...

De cinquante ans sommes-nous rajeunis ?...

Allons-nous voir, près de nous réunis,

Les compagnons de notre adolescence ?...

N'était-ce donc qu'une légère absence

Qui loin de nous les avait retenus ?...

Poursuis, poursuis tes chants interrompus,

O mon amie, et permets que mon rêve,

Sans aucun bruit, avec calme s'achève !

Le temps présent n'en peut être jaloux,

Et tes accents sont si frais et si doux !...
Mais ton image en mon cœur se retrace,
Et du passé le souvenir s'efface.

Tel, le printemps chaque jour se poursuit,
Et tel, l'été qui s'avance et s'enfuit.
De tons dorés l'arbre à fruit se colore ;
Chaque matin plus tardive est l'aurore ;
Les feux du ciel ont cessé d'être ardents ;
La foudre gronde et la pluie en torrents
Vient abreuver la terre desséchée.
Sur l'arrosoir, et la tête penchée,
Le jardinier n'a plus à se ployer.
La noix s'écale et tombe du noyer.
Combien, déjà, de feuilles qui jaunissent !...
Combien, aussi, de fleurs qui se flétrissent !...
L'Héliotrope avec le Salvia,
Les Lantana, Verveines, Dahlia
Forment encor l'ornement du parterre,
Mais tout, bientôt, va rentrer dans la serre,
Hormis la fleur destinée à périr.
Tel brille ainsi, qui demain va finir !...
Chassons au loin cette triste pensée,
Et les beaux jours dont l'automne avancée
Trop rarement va nous gratifier,

Occupons-nous à les bien employer.
Le corps, l'esprit, dans une ardeur commune,
Peuvent du sort modérer l'infortune,
Mais l'âge, hélas ! rien ne peut le changer.
Pourquoi, dès lors, chercher à l'affliger !
De l'avenir qu'une image riante
A ses regards soit sans cesse présente :
Contentement, c'est la santé du corps.
En dirigeant vers ce but nos efforts
Souvenons-nous que l'âme est immortelle !
Souvenons-nous que Dieu règne sur elle !

L'hiver accourt avec ses noirs frimas
Et vers la ville il faut guider nos pas.
Au coin du feu, quand la flamme pétille
Et qu'au dehors il neige ou qu'il grésille,
D'autres, pestant contre un ciel rigoureux,
D'être au logis se trouvent malheureux.
Moi, satisfait, sans regret, sans alarme,
Auprès de toi je goûte un nouveau charme.
Un jour trop court, nébuleux, incertain,
Permet à peine un croquis, un dessin ;
Le temps qu'eût pris une longue peinture,
Nous le passons en récits, en lecture.
J'aime le son, le timbre de ta voix :

Elle est si douce et si claire à la fois
Que mon oreille, assez souvent distraite,
A l'écouter se trouve toujours prête.
Ainsi jamais de place pour l'ennui :
L'heure qui passe est l'heure qui la suit.
Et si d'amis, en visite imprévue,
Nous entendons annoncer la venue,
La porte s'ouvre ; un surcroît de bonheür,
En les voyant, a rempli notre cœur.

Mais les rigueurs d'une sombre atmosphère
Sont à l'instar des accès de colère.
Pendant l'hiver il est des jours plus doux
Où le soleil, glissant un œil jaloux
Juste au travers de la moindre éclaircie,
Vient nous donner une nouvelle vie.
Il est aussi des jours froids et sereins
Où la gelée a durci les chemins.
Alors, à pied, nous prenons notre course
Et boulevard et place de la Bourse,
Palais-Royal, Tuileries, plus loin,
Jusqu'à cet arc où l'histoire a pris soin
De buriner les gloires de l'Empire,
D'un pas léger, à la bouche un sourire,
Nous fournissons tout ce vaste trajet.

Un autre jour, c'est vers un autre objet
Que notre course est à pied dirigée.
Par le soleil quand elle est protégée,
Nous parcourons, comme plus d'un flâneur,
Les boulevards dans toute leur longueur.
Les aperçus que ta saine critique
A chaque instant alors me communique
Sont un plaisir pour moi toujours nouveau ;
Car ce n'est pas sur un simple chapeau,
Sur une robe, un objet de toilette
Qu'en scrutateur, ton fin regard s'arrête :
Tu sais des traits lire l'expression
Et deviner quelle est la passion
De l'inconnu qui s'avance et nous touche,
Rien qu'à son front, son œil, son nez, sa bouche.
Pour la connaître un seul trait te suffit.

Mais les produits dont l'art s'enorgueillit,
Parfois aussi nous leur rendons visite ;
Parfois aussi la présence subite
D'un beau tableau, d'un beau bas-relief,
D'une statue, enfant d'une noble chef,
Nous a remplis d'un saint enthousiasme !...
Aux envieux, le dépit, le marasme !...
Nous, des beaux-arts ardents admirateurs,

Loin de ternir la gloire des auteurs

Qui pour la France enfantent des merveilles,

Nous bénissons et leurs jours et leurs veilles.

Prisant chacun sans esprit de parti,

Chaque chef-d'œuvre est par nous applaudi.

Sans nul souci de le faire paraître,

De la S'Mala nous aimons le grand maître ;

Et nous plaçons ses illustres tableaux

Au premier rang, comme étant des plus beaux.

Tout en louant la beauté dans les formes,

Nous aimons peu les teintes uniformes ;

Mais si de l'âme on trouve dans le trait

L'expression, le sentiment parfait,

Au vrai mérite il faut rendre justice,

Fût-ce l'essai d'un talent tout novice.

C'est dans le marbre et la pierre surtout

Que le talent peut triompher partout.

Quand j'aperçois la déesse guerrière

Pousser ce cri, de sa bouche de pierre,

Ce cri sublime : « Aux armes ! citoyens ! ... »

Si je pouvais par cent mille moyens

Proclamer Rudde et sa belle épopée

Bien au-dessus de toute renommée,

Je le ferais ; car, de cent mille voix

J'entends le cri, sitôt que je la vois.

Puis-je oublier ou passer sous silence
Des vieux quartiers cet abatis immense
Que nous allons quelquefois parcourir,
Et d'où l'on voit à chaque instant surgir
Ces boulevards, places, palais et rues
Où l'œil se perd en longues avenues?...
Des souvenirs du vieux temps rien n'est plus!...
Mais avec eux sont aussi disparus
Les lieux témoins de scènes de carnage
Que Bethisi rappelait d'un autre âge,
Et Transnouain, du temps où nous vivons;
Temps malheureux où les opinions,
Sacrifiant les plus nobles victimes,
Ont enfanté tant d'erreurs, tant de crimes!...
Sur eux laissons tomber un voile épais
Et que le ciel, par cent lustres de paix,
Semant l'oubli sur les deux hémisphères,
N'éclaire plus que des peuples de frères,
Ayant partout mêmes lois, mêmes mœurs;
De tous excès repoussant les fauteurs;
Adorant Dieu, sans que le sacerdoce
Puisse jamais par un moyen atroce
Forcer une âme à monter dans le ciel;
Des libertés l'usage essentiel
Pour eux jamais ne tournant en licence;

D'un pouvoir doux ressentant l'influence
Et de tyran ne sachant que le nom,
Mot qui, pour eux, ne soit plus qu'un vain son !...

Cet âge heureux est encor loin, sans doute :
Et cependant nous voilà sur la route.
Quand la vapeur et les chemins de fer,
En longs sillons, sur la terre et sur mer,
Auront fini de labourer le monde,
Les nations, dans une paix profonde,
Éprouveront le désir de se voir,
D'apprécier de chacun le savoir.
Pour leur commerce et pour leur industrie,
Pour les besoins, l'agrément de la vie,
S'établiront entre elles, chaque jour,
De bons rapports qui, dans un délai court,
Se changeront en amitié sincère.
Alors Paris, de son embarcadère
Verra partir, pour Siam ou Canton,
De voyageurs, souvent plein un wagon ;
Sur le Bosphore, et tout près de Bysance,
Le riche aura sa maison de plaisance ;
De temps en temps, par un train de plaisir,
Soit à Memphis, soit au pays de Tyr
On ira faire un tour de promenade ;

De Calcutta, partant en mascarade,
Aux bals d'hiver on viendra dans Paris ;
A l'Opéra, le Kalmouk, le Kirguis,
Pour les grands jours, aura sa loge prête,
Et près de lui la pimpante Lorette ;
Au lieu de rois, de pouvoirs si divers
Sur les lambeaux de l'ancien univers,
Du nord au sud, l'étincelle électrique
Gouvernera de par un Prince unique :
Pouvoir immense et toujours vénéré,
Pour sa douceur toujours le préféré ;
Car coûtant peu, n'usant pas d'arbitraire,
Laissant tout dire, il aura don de plaire,
Et l'on pourra le croire issu de Dieu
Béni partout, adoré dans tout lieu....

En attendant que ce temps se découvre,
Nous admirons les merveilles du Louvre,
De ce palais au monde sans pareil
Que détruisaient deux siècles de sommeil,
Quand il reçut les secours de l'Empire.
Plus tard chacun ne cessait de redire
Qu'homme jamais ne le verrait fini ;
Or, le voilà complet et rajeûni !
La pierre, émue aux accents du génie,

En cent façons s'est taillée et polie

Et, comme au temps où chantait Amphion,

S'est élevée en colonne, en fronton,

En ornements, bas-reliefs, balustres,

En galerie où nos hommes illustres,

En pied, debout, sont tous représentés !

Honneur à vous qui les avez scuptés !

Mais, avant tout, cent fois honneur au Prince

Qui, de Paris comme de la province,

A rassemblé dans ce Forum nouveau

Tous les talents qu'enfermait le tombeau !

Grands citoyens, grands penseurs, grands artistes,

Grands écrivains et célèbres chimistes ;

Hommes de cœur, d'invention, d'esprit,

Que, quelquefois, leur siècle ne comprit.

Et qu'en ce jour d'illustre renaissance

Napoléon vient offrir à la France,

En mariant l'industrie aux beaux-arts !

La gloire ainsi brille de toutes parts !...

Le noble aspect de cet Aréopage,

Ce monument, le plus beau de notre âge,

Pendant longtemps dans l'admiration

Tiennent captifs l'esprit, l'attention...

Enfin la nuit va bientôt de son ombre

Sur l'horizon étendre un voile sombre,
Et nous partons avant que de ses feux
Le gaz, en flamme, ait éclairé ces lieux.

Pour nous l'hiver offre encore d'autres charmes,
Et de nos yeux coulent de douces larmes,
Quand sur la scène ensemble nous voyons
De grands acteurs peindre les passions;
Ou que leur chant de plaisir nous enivre.
Talma n'est plus, Mars a cessé de vivre;
Elleviou, Derivis et Martin,
Les Gavaudan, Branchut, Régnault; enfin
De beaux talents cette aimable cohorte
Qu'on courait voir, qu'on bissait à voix forte,
Tous ont passé, laissant au souvenir
L'amer regret de ne plus les ouïr :
Mais les Français, mais les scènes lyriques
Ne manquent pas ni de talents comiques,
Ni de chanteurs du public applaudis;
Et nous allons aux théâtres suivis,
Des longues nuits pour charmer la durée,
De temps en temps passer une soirée;
Ou, pour un whist à minimes enjeux,
Nous recevons des amis peu nombreux;

Car près de nous la faux du temps moissonne,
Et trop souvent quelqu'un nous abandonne!...

Ainsi l'hiver, nonobstant ses rigueurs,
N'est pas pour nous toujours privé de fleurs.
Mais il en est de plus douces encore
Que n'offrent point, ni l'empire de Flore,
Ni les beaux-arts, ni les plaisirs divers
Si longuement célébrés dans ces vers ;
C'est quand je vois ton ardeur peu commune
A consoler, soulager l'infortune!...
Lors au bonheur il ne manquerait rien
Si pour le pauvre on avait plus de bien.

J. A.

9 782014 067897